AF461594

J. DESCHAMPS

NOTICE SUR JEAN HAYS

DU PONT-DE-L'ARCHE

CONSEILLER ET AVOCAT DU ROI AU BAILLIAGE ET SIÈGE PRÉSIDIAL

DE ROUEN

ROUEN

IMPRIMERIE DE ESPÉRANCE CAGNIARD

rue Jeanne-Darc, 88

1886

J. DESCHAMPS

NOTICE SUR JEAN HAYS

DU PONT-DE-L'ARCHE

CONSEILLER ET AVOCAT DU ROI AU BAILLIAGE ET SIÈGE PRÉSIDIAL

DE ROUEN

ROUEN

IMPRIMERIE DE ESPÉRANCE CAGNIARD

rue Jeanne-Darc, 88

1886

Tiré à 250 Exemplaires numérotés.

N°

AVANT-PROPOS

Lorsque l'idée me vint d'entreprendre, d'après le seul exemplaire connu, la réimpression de la tragédie de *Sainte Agnès,* par P. Troterel sieur d'Aves, poète normand fort peu connu quoique d'un mérite réel, j'étais loin de me douter qu'elle serait pour moi une source précieuse de renseignements sur la Poésie et le Théâtre à Rouen au commencement du XVIIe siècle.

En effet, des hommes éminents, comme MM. Paul Lacroix, A. de Montaiglon, Ludovic Lalanne, et autres savants qu'il serait trop long d'énumérer, voulurent bien me féliciter au sujet de cette publication ; mais leurs lettres ne se bornaient pas à de simples félicitations : elles renfermaient des documents en partie inédits sur nos poètes normands à cette époque. Tant il est vrai que les esprits fins et délicats, loin de garder pour eux seuls leurs lumières et le fruit de leurs travaux, cherchent plutôt à en faire profiter ceux qui partagent leurs goûts et s'intéressent à notre bonne et vieille littérature.

Parmi les auteurs que le savant bibliophile Jacob m'avait particulièrement signalés comme étant les plus curieux et les plus rares, figurait Jean Hays. Il m'avait été impossible jusqu'alors de trouver un exemplaire complet de ses œuvres ; mais, ayant eu enfin cette bonne fortune, j'ai voulu imiter le noble exemple qui m'avait été donné, convaincu que les lettrés et les amateurs de notre vieille langue trouveront un véritable charme à parcourir une partie de ces poésies si peu connues et assez remarquables, cependant, pour être tirées de l'oubli où elles étaient tombées.

La pléiade de poètes normands qui a existé à la fin du XVIe et au commencement du XVIIe siècle est une gloire pour notre Normandie, et, indépendamment des noms les plus connus, ceux de J. Auvray, J. Behourt, P. de Beaumartin, J. Bertaut, Bertrand, Bellonne, Bourron, des Croix, Denyau, J. d'Espanay, D. Ferrand, J. Grisel, du Hamel, de Hauterive, Le Hayer, J. Hays, de Lastre, J. Le Gras, de Louvencourt, P. Mainfray, L. Martel, de Meliglosse, de Montchrestien, N. de Montreux, J. Ouyn, Le Pigny, de La Pinellière, du Plessis, F. Rolland, P. Troterel, Le Vert, F. Viger, J. de Viray, etc., forment un imposant cortège digne de précéder et d'accompagner notre immortel Corneille, le grand génie qui devait les éclipser tous.

NOTICE SUR JEAN HAYS

La vie de Jean de Hays est peu connue. Tout ce que l'on sait de lui se réduit, à peu de chose près, à ce qu'il est né au Pont-de-l'Arche, qu'il vivait à la fin du XVIe siècle, et qu'il est l'auteur d'un volume intitulé *les Premières Pensées ;* ce volume, sans nom d'auteur sur le titre, fut imprimé à Rouen, en 1598, par T. Reinsart, à l'enseigne de *l'Homme-Armé,* devant le Palais.

L'ouvrage est dédié à Madame, sœur unique du Roy, ce qui indique que notre poète devait déjà jouir d'une certaine célébrité pour s'adresser ainsi à une princesse aussi illustre et aussi savante que l'était la reine Marguerite. Il lui adresse d'abord une épître, puis un sonnet, que suivent plusieurs poésies françaises et latines faites par lui et des compatriotes admirateurs de son talent.

La première pièce du volume, intitulée *les Amours d'Hyacinthe,* est en prose et en vers, et retrace les amours de l'infortunée victime d'Apollon avec la belle nymphe Chrysolite, dont il est éperdument épris. Quelques-unes des poésies dont elle est émaillée permettront au lecteur de juger des goûts et du talent du poète normand.

Hyacinthe s'adresse d'abord à l'Amour, comme étant l'auteur de sa misère :

Amour, las ! que fais-tu ? Hé ! que devient ta gloire ?
Chétif, que n'assaus-tu ceste ingrate beauté
Qui méprise ton tret, enfant de cruauté,
Et veut de ta grandeur emporter la victoire ?

Regarde, ie te pry', sa belle main d'yvoire
Qui s'efforce à courber ton petit arc vouté
Et de la trousse d'or, qui pend à ton costé,
En tire un tret beigné d'une teinture noire.

Lasche Amour, je me rends, je voy bien que tu ès
Complice de l'effort, de tant de trets cruès
Que sa belle beauté dedans le cœur me livre.

Au prisonnier rendu tu ne peus faire tort ;
Qui se rend volontaire est asseuré de vivre,
Et qui met les armes bas eschappe la mort

Il se met ensuite à discourir sur la nature et la définition de l'Amour :

Amour est le mignon des hommes et des Dieux,
Des Elémens meslez la liaison première,
De ce rond, de ce tout la seconde matière,
Le fidelle entretien de la terre et des cieux ;

Un brazier allumé qui flambe dans les yeux,
Un tison qui, bruslant, englaçe la paupière,
Un œil qui de nostre œil offusque la lumière,
Un démon qui dans nous n'est jamais oçieux ;

C'est une passion, un désir, une flamme
Qui gesne, qui bourrelle et nous embrase l'âme,
C'est un oiseau volant, inconstant et léger ;

C'est un idole faux qui dans le bers avorte,
Un feu qui se resveille en une cendre morte
Et qui blesse un monarque aussi bien qu'un berger.

2

La nymphe Chrysolite ne paraît pas émue de cette description, et il croit voir des pointes de malice dans ses yeux :

Beaux yeux, mes dous flambeaus, ou m'avez-vous conduit ?
Je ne suis plus que vent et légère fumée,
Vous avez une flamme en mon cœur allumée
Qui brusle dedans moy le jour comme la nuit.

Quelle est ceste prison où je me vois réduit ?
Est-ce point une terre ingratement semée
De gelons seulement et des Scythes aimée,
Et rien que des glaçons et du froid ne produit ?

Si vous voulez, flambeaus, que dans un roc sauvage
Ou sur le sable espais d'un stérile rivage
Je passe ma douleur, roidissez vostre effort.

Par vos beaux trets blesseurs l'Archerot me possède,
Celuy qui fait le mal doit donner le remède
Ou comme un bon Archer doit viser à la mort.

Ses plaintes auront sans doute touché le cœur de la cruelle, car il se vante ensuite d'avoir reçu quelques baisers :

O Dieus du ciel ! que je m'estime heureus,
Soit que j'embrasse ou soit que suççote
Le petit bout de sa lèvre mignote
Qui, couleuvreau, poingt mon cœur amoureus.

En souspirant ses baisers langoureux
L'œil demy-clos je pille, je baisote,
Demy-mourant ma languete fleurote
Dans un nectar un fleuve savoureus.

J'ayme à lecher les perletes rozines,
Flairer le musc et les pommes ambrines
Qui vont brillant sur ce coral jumeau.

Que si je döis vous rendre un jour la vie,
O Dieus du ciel ! faites donc, je vous prie,
Qu'en ces baisers je fasse mon tombeau.

Il en est tellement transporté qu'il exprime un désir qu'il éprouve de baiser à la Colombelle :

Eussais-je autant de fois tes lèvres vermeillettes
Baisoté, suççoté, d'un petit bout moiteus,
Qu'au serain de la nuit on voit au Ciel de feus,
En Esté de moissons, au Printemps de fleurettes,

Ce n'est rien que coral, ce ne sont que perletes,
Qu'ambre, musc et parfum, roses, lys et senteurs,
Ce n'est rien que nectar, que sucre, que douceurs
Qui flottent sur les bords de tes lèvres pourprètes.

Les œillets canelez et les fleurons de Mars,
Les savoureux fraisiers y soient tousjours espars !
O Dieus ! qu'il est heureus, Nymphete, qui te baise !

Il sent mille douceurs qui le ravissent si fort,
Emblent le sentiment et font tressauter d'aise
Qu'on ne sait si l'on est loin ou proche de la mort.

Après avoir chanté son bonheur, il passe en revue toutes les beautés de Chrysolite :

Ainsi qu'est le bouton des roses vermeillettes
A l'œil à demy-clos qui s'entrouve au matin,
Le soubsris de l'aurore et l'honneur d'un jardin,
Ainsi est le coral de ses lèvres mollettes.

Elle a les doigts longuets, animez de perlettes,
De rubis, de saphirs, des Indes le butin ;
Sa douce haleine sent les œillets et le thin,
Son estomac n'est peint que de fleurs nouvellettes.

Son chef se dresse ainsi qu'un cèdre verdissant
Qui va jusques au Ciel sa pointe hérissant,
Sa bouche et son palais ne parlent rien que des roses.

Sous sa langue mignarde un ruisseau doucelet
S'escoule graçieus et de manne et de lait,
Où l'auril a ses fleurs et ses odeurs écloses.

Il compare la Nymphe à une dixième Muse et à la première des Grâces, tout en se plaignant encore de sa rigueur :

Perle d'amour, vray nid de la beauté !
Dixiesme sœur ! des Grâces la première !
O fière ardeur ! O flamme coustumière
De me geler au plus chaud de l'Esté !

O dous plaisir ! O douce cruauté !
Soleil jumeau, tiran de ma guerrière !
O dous attrait d'une maitresse fière
Qui dans son œil m'a le cœur arresté !

Dous souvenir qui me redonne encore
Les astres beaux de sa gemelle aurore,
Sourcils courbez en petits arcs bessons.

C'est trop donner à mon cœur de martire,
C'est trop jetter en mes yeux d'hameçons,
C'est trop blesser un Amant qui souspire.

La rigueur dont il se plaint n'aura pas cessé, car il prie les yeux de Chrysolite de ne pas lui être si rigoureux :

Beaux yeux plus que divins, pourquoi m'embrazez-vous,
Allumez-vous ainsi tant de feus en mon âme ?
Hélas ! je brusle assez sans accroistre ma flamme,
Pour Dieu ! que vos regards me soyent un peu plus dous.

Vostre vive chaleur me vient embler le pous,
Si mon feu s'amortist vostre feu le r'enflamme,
A tous coups devant vous, demy-mort, je me pasme,
Et, frappé de vos yeux, je trespasse à tous coups.

N'estincellez point tant lorsque je considère
Ce front et ce beau teint, autheur de ma misère,
Et flambent vos rayons un peu plus doucement !

Appaisez la fureur de vos chaudes haleines,
Muez-les en zéphirs qui, de leur soufflement,
Rafraichissent l'ardeur de mes maux et mes peines.

La Nymphe se sera laissé attendrir, car il se loue à nouveau de baisers qu'il a cueillis sur ses lèvres :

Brusque dessein, je suis authorizé
Cueillir les fruicts de mes douces malices,
Restant vainqueur je gouste les délices
De ce baiser qu'on m'avoit refusé.

Vénus, de toy je suis favorizé,
Tes Deitez à mes vœus sont propices
Puisqu'aujourd'hui, de mes douces blandiçes,
J'ai ce bel œil en ma lèvre abuzé.

Amour, tiens-moy la languette animée
Sur le rampart de ceste bouche aymée,
Pousse, fais bresche, entre et gaigne le fort.

Laisse couler ta langueur dans ses veines,
Brusle son cœur du flambeau de ses peines,
Et dans ses yeux darde des trets de mort.

Ce succès inespéré l'a enflammé, et il se répand en louanges de toutes sortes sur la beauté de Chrysolite :

Un front d'yvoire, un bel œil attirant,
Un crespe d'or, une beauté parfete,
Un petit jour qui d'une nuict brunete
Monstre un beau sein de marbre souspirant ;

Un astre beau qui, le mien esclairant,
Fait rayonner sa flamme jumelette,
Un sein de lis, une sente secrette
Qui, folle, peint des frayeurs en mourant ;

Un teint pareil au vermeil de la rose,
Dans un Printemps une poitrine enclose
Pleine de musc, de lavande et de thin ;

Une fraischeur qui s'espand en rosée,
Dessus ma langue une humeur arrosée
Est de l'amour mon plus riche butin.

Il se reconnaît frappé d'amour de toutes parts, mais se désole à l'idée que la Nymphe n'en veut rien croire :

Je n'ay nerf, ny tendon, muscle, artère ny veine
Qui ne sente d'amour, c'est amoureux poison ;
J'en atteste le Ciel, mon âme et ma raison,
J'en atteste vos yeux, seurs témoins de ma peine.

Mais plus je vous le dis et plus, fière inhumaine
Vous renfermez mon cœur dedans vostre prison,
Plus en humble douceur je requiers guérison
Et plus vostre œil mutin de son flambeau me gesne.

Las ! plus je vous jure et moins vous le croyez,
Plus je monstre ma plaie et moins vous la voyez,
En vous criant mercy l'œil est impitoyable ;

Plus j'honore, craintif, votre fière beauté,
Plus je pense gaigner le fort de cruauté,
Plus je veux composer, moins vous estes traitable.

La chanson suivante, que Hyacinthe compose ensuite, montre assez quelle était la violence de son amour :

Amour portoit sous les aisselles
Sa trousse d'or pleine de traits
Qu'il dardoit aux yeux des pucelles
Pour leurs beautez armer d'attraits.

Lors devant luy je me présente
Et lui dis : — Archer, donne-moy
Une flesche qui soit puissante
D'attirer Chrysolite à moy.

Mais ce finet qui me regarde
Et voit mon teint pasle et blesmy
Me dit : — En vain vers toy je darde
Car jà tu es mort à demy.

— Non, non, Amour, ce dis-je à l'heure,
Je ne suis si près du tombeau,
Tu verras ma couleur meilleure
Si tu approches ton flambeau.

Le retirant je deviens pasle,
L'approchant je rougis un peu,
Mon teint et ma couleur esgale
L'or qui s'embellist près le feu.

Ceste couleur est toujours telle
Sur le front des pauvres Amans
Quand ton petit arc les bourrelle
De ses trets les plus violans.

Les vers qui précèdent ne lui paraissant pas suffisants, il ne peut résister au désir de faire une autre chanson sur le *mesme sujet* :

Vien, ma mignarde, mon tout,
Sus, Chrysolite, debout !
Que serrément on m'embrasse
D'nn mol baiser qui surpasse
Les baisers des passeraus,
Puisqu'il nous faut dans les eaus
De Stix, la rivière noire,
Incontinent aller boire.

Belle, tandis que le jour
Nous dure, aymons-nous tousjours,
Libres de souci et d'envie,
Prenons donc gaiement la vie.
Le jour fuit et puis revient,
Et lorsque la mort survient
Une éternelle nuitée
Tient nostre vie arrestée.

Sus ! avant que d'y aller
Vien, friande, m'accoller,
Vien me baiser à ton aise,
Plus au tombeau l'on ne se baise.
Vivon, aymon, baysons-nous,
Car viendra le Ciel jalous
Des baisers dont je te prie
Qui nous ostera la vie.

Il lui tarde que le jour revienne pour revoir Chrysolite, et il se plaint de la lenteur de l'Aurore :

Puissay-je, las ! une fois veoir encore
Ce front divin d'un yvoire poly,
Ce sein si beau d'un Printemps embelly
Et ce bel œil que mon penser adore.

Sommeillez-vous, belle, gentille Aurore ?
Vostre flambeau est-il ensevely ?
N'avez-vous point sur Céphale cueilly
Assez de fleurs et de baisers encore ?

Douçe, laissez en repos ses beaux yeux
Et, vos beaus rays allongeant dans les cieux,
Revenez voir cet œil qui me domine,

Cet œil brillant, la retrête d'amour,
De chasteté le temple et le séjour,
Et le palais de Vénus la divine.

Il suppose que les amours voltigent sur le sein de la Nymphe et qu'ils font des petits cordons de ses cheveux :

Parmy les liens d'or de ses crespines belles
Un esquadron erroit de cent mille amoureaus,
Qui de gentilles fleurs et de présents nouveaus
Receloient la beauté de ses pommes gemelles.

De son crespe ils tissoient mill' et mille cordelles
Dont l'or rejalissoit au feu de ses flambeaus,
Puis ils laçoient des fleurs et des tortis plus beaus
Couronnoient la beauté de ses verdes mammelles.

Las ! ô Dieux ! que d'attraits, que d'aimables langueurs
Ces Cupidons jettoient dedans ces jeunes cœurs
Et parmy la beauté de ces belles fleurettes.

Ce beau sein couronné de roses et de lis,
Ces tetons de senteurs et de fleurs embellis,
Que d'hameçons cachés et de flammes secrettes !

Il fait toutes sortes de protestations à l'Amour, et lui promet de le suivre aveuglément et de l'adorer :

Je ne veus point à tes loix contredire,
Petit Archer sans raison et sans yeux,
L'homme mortel doit obéir aux Dieux,
Sans résister j'accours à ton empire.

Sur ton Autel je lamente et souspire
Et de mes cris j'adeullis tous les Cieux,
Calme un petit ton bras injurieux
Qui tant de tretz dedans le cœur me tire.

Tousjours Paphos adore ton pouvoir,
Qui peus le ciel et la terre émouvoir
Grand Dieu d'Amour, à moy rends-toy propice !

Recoy mes vœus d'un courage non fainct,
J'appends ici, près ton idole sainct,
Mon pauvre cœur en lieu d'un sacrifice.

Il fait ensuite une description du baiser des colombelles, qui se font l'amour sur les rives des eaux :

Que de plaisir de voir deux Colombelles
Mille baisers se donner tour à tour,
Et de cent jeus tromper l'ennuy du jour
Bec contre bec sur les rives nouvelles.

En se baisant elles batent des aisles,
Et pour baiser eslisent le séjour
D'un clair ruisseau où semble que l'Amour
Façe parler ses ondes les plvs belles.

Je les ay veus, au dous printens plaisant,
Près des ruçeaus s'aller entre-baisant
En cent façons, ô gentes Tourterelles !

Qui tant de fois voqs baisez mollement,
Je ne veux plus baizer les Damoiselles
Pleines de musq, de cyvette et d'unguent.

Il se consolera des rigueurs de la Nymphe, toujours trop peu sensible, si elle veut bien reconnaître qu'elle est la cause de son tourment :

Quand je suis tout baissé sur vostre face belle
Je voy dedans vos yeux je ne sçay quoy de blanc,
Je ne sçay quoy de noir, qui m'esmeut tout le sang
Et qui jusques au cœur ma poitrine bourrelle.

Je voy dedans Amour qui battant de son aisle
Ores bas, ores haut, tousjours me regardant
Et, son arc contre moy coup sur coup desbandant,
Me lesse dans le sein une playe immortelle.

Tant s'en faut que je sois alors maistre de moy
Que je vendrois mon père et trahirois mon Roy,
Las ! guérissez-moy donc en confessant l'offençe.

Si vous la confessez, je me rends satisfaict,
Me donnant un baizer pour toute récompense,
Encor' qu'il soit bien grand le mal que vous m'avez faict !

Il ne peut s'empêcher d'admirer et, en même temps, de redouter les yeux et les sourcils de Chrysolite :

Quand je voy ce beau front d'yvoire blanchissant
Et je voy de son arc la vouture première,
Ou bien de ses beaus yeux la céleste lumière,
Ou ses sourçis tournez en forme d'un croissant,

Vaincu de ces regards je m'en vais périssant,
Je sens voler de moy mon âme prisonnière,
Je deviens esperdu d'une telle manière
Que je tombe pasmé, malade et languissant.

C'est un front qui pourroit apaiser la marine,
Un œil qui embleroit le cœur de la poitrine,
Des sourçis ébenins, les mignons de beauté.

Oh ! qu'il est chastié de rigoureuses peines
Qui doit porter l'effort de si belle clarté
Et doit nourrir ce feu dans le fond de ses veines !

Mais tout cela est en pure perte, et, ne pouvant parvenir à fléchir celle qu'il aime, il laisse voir son dépit :

Parmy l'obscurité, l'horreur et le tourment
Je me veus par despit me rendre misérable,
Qui n'ay jamais trouvé sa flamme secourable
Pour me guarir le mal de mon aveuglement.

O chétif que je suis ! j'aymais trop constamment,
Si mon cœur en amour eust été variable
J'eusse trouvé son œil à mon œil pitoyable,
J'eusse passé le temps en amour doucement.

Mais pour avoir esté trop ferme en ma constance
Il reste seulement en moy la repentance
D'avoir tant adoré la rigueur de ses yeux.

O dure cruauté ! ô maistresse inhumaine !
Si vous mourez icy sans en porter la peine,
Je croiray que le Ciel est sans jour et sans Dieux !

Après une autre pièce en prose, *les Amours de Chrysolite,* qui fait suite à celle-ci, vient la tragédie de *Cammate,* qui présente cette singularité, peut-être unique, d'être divisée en sept actes.

De même que Pierre Corneille s'est probablement inspiré de la tragédie de *Sainte Agnès* pour faire son *Polyeucte,* de même son frère Thomas a emprunté à cette tragédie sa pièce de *Camma,* dans laquelle il traite le même sujet.

La tragédie de J. Hays débute ainsi :

SINNATE, parlant de Camma, son épouse.

Las ! ô Dieux, que je suis en mes jours bienheureux
De baiser de Camma les beaus yeux amoureus,
Camma, mon cher soucy, chère part de moy-mesme,
Mon espouse, mon cœur, que d'une amour extrême
J'adore, je chéris, et j'aime beaucoup mieux
Que je ne fais mon cœur, ma bouche, ny mes yeux !
Que de rares beautez s'espandent sur sa façe !
Que de rares vertus embellissent sa graçe !
Quelle table d'yvoire et quelle majesté
Honore de son front la vive chasteté !
Ell' a dedans ses yeux une forçe animée,
La mêche de l'Amour dedans est allumée,
Mille trets, mille rays, mille feux, mille dards
Frappent tousjours l'objet de ses chastes regards.
Sous les flots annelets de sa blonde crespine
S'entrevoit sur sa façe une couleur pourprine,

Ainsi qu'une grenade, au premier temps nouveau,
Porte un blanc destrampé de rouge sur la peau.
Sa bouche de coral, d'une humeur ambroisine,
Fait un ruban tissu de soye cramoisine
D'où sortent cent propos, cent aimables discours
Qui nourrissent l'ardeur de mes chastes amours.
Sur le lis de son col, comme un nouveau trofée,
Pend une chaine d'or richement étoffée
De perles, de rubis à l'éclat rougissant,
Ornement préçieux de son col blanchissant.
Le matin qu'elle sort de sa couche nouvelle
Elle paroist aux yeux et se monstre anssi belle
Que l'Aurore qui sort de ses rideaux pourprez
Et darde dessus nous ses beaux rayons dorez,
Aussi belle en son teint que la chaste courrière
Qui court un grand galop par la noire carrière,
Et belle en ses beautez, en son lustre vermeil
Autant qu'au plus beau jour les rayons du Soleil.
Ce ne sont que plaisirs, ce ne sont que blandiçes,
Qu'amitiez, que douceurs, que beautez, que déliçes ;
O divine beauté ! O bienheureus le jour
Que je fus par tes yeux fait prisonnier d'Amour !
Heureuse fut, hélas ! l'estoile fortunée
Qui nous brusla les cœurs aux flambeaux d'Hyménée !

Voilà, certes, un véritable mari modèle !

Le volume continue par *les Meslanges ou Poësies diverses;* elles se composent de sonnets, stances, élégies, chansons, et de diverses autres pièces, dont la plus curieuse est la suivante :

ÉPITHALAME

OU

DIALOGUE D'AMOUR ET D'HYMÉNÉE

représenté en mascarade

au mariage de Monsieur de Réville.

CUPIDON

Je fais sentir aux Dieux mes amorçes friandes,
Au plus clair de mon feu je fais tout consommer,
Mes feux, mes retz, mes traicts, et mes ruses plus grandes
Commandent en la terre aussi bien qu'en la mer.

HYMÉNÉE

L'ardeur qui se nourrist à l'entour de ta flèche
N'est qu'un charme, un venin, un poison amoureus,
Mais le feu qui s'esprend en la sainte flammèche
D'un chaste et bel Hymen est bien plus doucereus.

CUPIDON

Ce soir, que dans l'obscur de la plaine azurée
Diane fait lever tant de menus flambeaus,
Je viens bander mon arc et ma flèche dorée
Pour donner à ces cœurs des tourments tout nouveaus.

HYMÉNÉE

Contre les feus ardans de ta fraisle sagette
Qui vont troublant les sens, l'humeur et la raison,
Pauvre petit Archer, j'en porte la recepte
Et mon Hymen tout seul leur donne guarison.

CUPIDON

Chantons doncques, Hymen, Hymen, ô Hyménée !
Honorons ceste nuict, ceste troupe et ce lieu,
Et que leur chambre soit de nos vers fortunée
Et leur beau lict sacré de la main d'un grand dieu,

HYMÉNÉE

Mais appellons les Dieux, les Déesses plus belles
Qui sont dedans le Ciel, leur plus divin séjour ;
Les voilà ! j'apperçoy leurs beautez immortelles,
Haste-toi de courir et les devançer, Amour.

LES DIEUX ET LES DÉESSES

Sus ! meslez ceste nuict, douces âmes gentilles,
Ces flammes qui dans vous coulent ainsi subtilles,
Laissez prendre nichée à ce folastre oiseau
Qui, comme le coulevreau, l'Esté dans les fleurettes
Se tapist et se coule où les troupes muettes
Courent après le fray dedans le fond de l'eau.

D'un baiser colombin sur ses lèvres décloses
Suççotez mille fois de sa bouche les roses,
Mirez-vous dans ses yeux honteusement mignards,
Beaus yeux de chasteté les gardes plus fidelles
Où l'Amour a perdu ses vives estincelles,
Fuyant desvalizé de flammes et de dards.

Comme au Printemps l'on voit la vigne tendre et molle
Qui de ses petits doigts s'entortille et se colle
Par un aimant secret autour l'orme voisin,
Tout ainsi il vous faut mollement vous estendre
Et, en vous recollant dessus sa bouche tendre,
La baiser mille fois du soir jusqu'au matin.

Tandis que vous serez en ces douces estraintes
Laissez, sans y penser, cent morsures empraintes
Sur l'yvoire du front et le marbre entaillé
De son col, et pressez si fort qu'il y demeure
La marque par dessus, ainsi que d'une meure
Cheute par un hazard dedans du laict caillé.

Que tousjours dedans le lict Amour trouue plaçe
Et que par luy bientost elle honore sa raçe,
Faisant naistre un enfant au sein duquel seront
Les plus rares vertus de l'ayeul et du père,
Et qui porte l'honneur, là bonté de la mère,
Et son chaste regard empreint dessus le front.

Mais retirons-nous, desjà la belle Aurore
De ses longs doigts rosins nostre ciel recolore,
Dans le sein de Thétis tombent les astres beaus,
Desjà le clair Soleil dessus le bord de l'onde
Va frizottant les nœuds de sa crespine blonde
Et retire son char du plus profond des eaux.

Une pièce ayant pour titre : *Amarylle ou Bergerie funèbre sur la mort de Messire André de Brancas, Admiral de France,* qui vient ensuite, renferme quelques vers bien frappés, ainsi qu'une autre : *Le Tombeau de Messire Jacques de Humières,* qui termine le volume ; mais il est inutile d'en citer davantage pour être fixé sur le talent de l'auteur.

On a pu voir, par les pièces qui précèdent, que notre poète normand était véritablement digne du haut patronage sous lequel il avait placé ses œuvres, et il méritait, certes ! avoir sa place marquée parmi ceux qui sont la gloire de notre littérature.

TABLE DES POÉSIES

CHANSONS

PA

ÉPITHALAME

SONNETS

TRAGÉDIE

www.ingramcontent.com/pod-product-compliance
Ingram Content Group UK Ltd.
Pitfield, Milton Keynes, MK11 3LW, UK
UKHW021041180726
13838UKWH00004B/1934